詩集

約束

葉山美玖

コールサック社

詩集

約束

目次

Ⅰ　収穫祭

Ⅱ　さみしい鬼

Ⅲ　扉

Ⅳ　約束

詩集

約束

葉山美玖

Ⅰ　収穫祭

生まれる

1964年9月25日
東京広尾の愛育病院の一室で
私は生まれた

新幹線開通の年
さびれた単線電車のプラットフォームで
私は生まれた

東京オリンピックの年
アベベ・ビキラの踏みつけた足の裏で

私は生まれた

ベトナム戦争勃発の年
トンキン湾で
私は生まれた

ビートルズが初訪米した年
熱狂するファンの女の子の子宮に
私は生まれた

1964年
私は
そこかしこで生まれた

収穫祭

私が幼稚園から小学校にあがるかあがらないかの頃母親が狭い台所でお前なんか産みたくなかったけどできちゃったおろしたかったけど結婚する前に遊んだ人とおろしたしその時は産婦人科で両足をぱかっとひらかされてとてもこわくてでも胎児は無事にえぐりだすことができてそのおかげでせっかくお父さんと結婚できたのにまたできちゃってめんどうだからまた一人おろしてあんたができてでももうあたしの体にも悪いし経済も余裕ができて来てたからなお世間体が悪いし仕方なく産んだのよと憎々しげにわたしに言ったその頃のわたしはもう書斎のむずかしい文学全集に手を出し始めた頃でだいたいの意味はとれたもともとその頃なにかに失敗すると母親に納戸に連れ込まれてお仕置きに悪戯されていたからそんなことかとおもって泣きもしなかったらなお怖い目でにらまれたわたしはまだ産まれていない母親は料理を作ってどんとなら

べて夜はてきとうにふとんをひくだけだったから弟とふたりで適当にその辺で寝た母親はべたべたのフライドポテトくらいしかまともに作れなくて顔の洗い方も靴の紐の結び方もなんにもおしえなくて父親は仕事で忙しいと言って始終うわきしていたらしくどこにいたのか全然覚えていないきっと母親の言うように社長の片腕で接待されていたのだろうちゃんとしたおうちですねと外に出るとみんなわらうから適当に合わせることしかできなくて学校ではどうしてどもるのかと叱られて帰って来たわたしの気持ちはひしゃげてわたしの声は身体はどこにもなくて家はあったでもいえはかぞくはかていはどこにもなかったです裸のままで横たわる白い棘のある箱の中からある日わたしはとうとう母のお腹を蹴破ってそとに出たさんざめく金色のひかりが満ちる秋に赤紫のピオーネをなき叫びながら喚きながらうまれてはじめて涎をたらして私は齧る

ポラーノの家

今日は新しい三角の作業所へ
迷彩色のリュックを背負って行く
道の端に
寄り添う形で
ガラス張りの建物がある

みんなでお昼ご飯を
卓を囲んで食べる
手作りのシュウマイが出た
挽き肉と玉葱が

温かくて新鮮でおいしい

私の母は
フライドポテトが得意だったけど
焼売《しゅうまい》は作れなかった
たまに出る崎陽軒のシウマイが
ごちそうだった

実家で私は
食事が終わると
いつも一生懸命文学談義をした
つめたい親との会話は
それ以外になかった

頭が切れるふりをしなくても

ここでは安全で
一冊しかない絵本には
「あなたが生まれてきた事には
意味があります」とある

壁には木彫りの額の中に
「ポラーノの広場」の
切り絵が飾ってある
静かなこの家に
私は安心していられる

食事が終わると
機織りの時間だ
舟を縦糸にくぐらすと
面白いように

織物が完成してゆく

誰も私を
理由なく怒らないし
誰も私に
勝手な期待を
押し付けない

帰りの電車で
私は気が緩んで
ひとりで泣いた
乗客は皆
静かに座っていた

車窓からは

田園風景が
どんどん流れていく
私はポラーノの家で
善い魔女になる

まだ

二十年間眠っていた部屋を出て
作業所と言うところへ行った

おずおずと
「ユニクロの服って
安くていいいですね」
と話しかけると
みんな変な顔をしている

誰もお料理がさっさとできないので

ひとりで大根をトントン切って
ぶりを煮ていると
「出しゃばりです」
と叱られた

トイレのぬめりを一生懸命とって
給湯室のシンクを磨いていると
「あら
偉いわね。お嫁さん修行してるのね」
と皮肉られた

ほかの子は
「お父さんがきらい
お母さんがうっとおしい」
と愚痴りながら

定刻に家にちゃんと帰る

わたしは黙って
ひとりで自転車を漕いで
だあれもいないマンションに
走ってかえる
まだ私には私はいない

YUICHI　SAITO

なぐり書きの線
力強いストローク
一つ覚えと言えばそうかも知れない
どらえもん
ら
え
も
ももももも
ん
繰り返し繰り返し書くうちに

それは円になり波になり噴水になり
藍色の叫び

ああ
この叫びはどこかで聞いた
四分の一世紀前
スイカ畑の真ん中の隔離病棟で聞いた
十畳の部屋に十二人が
布団を敷きつめて寝た
エガワサンは時々飴をくれた
ちゃーちゃんには
頭からカップ焼きそばをぶっかけられた
機嫌の悪い金さんには
髪をわしづかみにされて

床を引っ張りまわされた

それでもみんなみんな
同じ塩のおむすびを食った仲間だった
おかしな目つきの施設員がいて
「Hな
ことされなかったかぁい」
と少し喋れるサトウさんは心配した

たまの自由時間には
皆であぜ道を行列して
病棟には据え付けていない
自動販売機まで散歩した
ジュースを誰が先に買うかで
いつも喧嘩になった

八街《やちまた》の雲はあっけらかんと白かった

言葉のない世界に八か月いて慣れた頃
突然解放された私は教会に行って
「聖書を読めば救われます」と聞いて
じゃあ
エガワサンはちゃーちゃんは金さんは
どうやって救われるのか
と混乱した

あの頃は
光のない世界に戻されるのが怖くて
ただただ怖くて
ずうっと自分の部屋にいた

二十年経った後、北川口に
知的障害者のアトリエがあると知って
訪ねて行った

『工房集』
あの時とおんなじ人たちが
エガワサンがちゃーちゃんが
サトウさんがいた
挨拶ができない
人にどしどしぶつかってくる人たちが
だけれどきれいなマフラーが壁の棚にあり
画集が幾つかテーブルに置いてあった
それはそれは明るい光に包まれて
職員の人は
根気強く書や織を教えていて

カフェーは陽だまりの中に
居心地よくあって

神よ
あなたが助けない人たちが
ここでは助けられています
碧い噴水のような
まあるい母親のような
どらえもももももも
ん

＊齋藤裕一…アールブリュットの画家としてＮＹをはじめ世界的に活躍する。

かんちゃんとヨーヨー

幼馴染《おさななじみ》のかんちゃんが
屋台で焼きそばを焼いているという
久しぶりに駆け付けた町内会の夏祭りは
小さくてあったかかった

かんちゃんは私を見て
「ほんとに来ると思わなかったよ」とぼそっと呟いた
突っ立っている私にかんちゃんは
「ヨーヨー作ってみる？」と訊いた

おじさんたちと一緒に座って

ヨーヨーに大きな注射針みたいなもので
水と空気を入れた
輪ゴムで口を縛るのがむつかしかった

かんちゃんは私が器用なのと
手仕事が好きなのを覚えていたのだ

しばらくして
男の子を二人連れたさーちゃんが来た
さーちゃんはあいかわらず美人で
心臓にカテーテルを通したばかりなんだと笑った

子どもの頃みたいに
三人で見た夜空はあかるかった
明日晴れるか晴れないか、と
かんちゃんは言った

桜

昼近くまで眠り込んでいて
小松菜とおかかの焼きうどんを食べた後
郵便局と馴染みのカフェに出掛けた
ガラス細工のお店で
碧い帯留めをひとつ買った

県庁の周りには
桜があちこちしていた
タブレットに撮るのはもったいない感じがした
ひとりで見る満開の桜は少しわびしくて

川べりにあるコンビニで
一個だけ残っていた
桜おむれっとというのを買った

知らないおじさんと
背中合わせにベンチに座って
薄紅のおむれっとを齧った

周囲を見回してみると
急ぎ足で上を見る若いお嬢さんも
自転車に乗ってスマホをかざす主婦も
一眼レフで沼の鳥を狙うおじいさんも

みんな
ひとり

ステージ4

女の人は咳をしていた
病院の白い壁に囲まれて
ベッドには透明の管がついていて
胸は刺すような痛みでしめつけられた
苦しくて苦しくて携帯を鳴らした

私は指輪をした男の人と美術館にいた
アールデコの装飾品が金襴としていた
その男の人は優しかった
心の病気を気にしない人が

始めて一緒にいてくれて
私は嬉しくて何にも考えていなかった

ふいにガラケーが鳴ったけれども
男の人はポケットからの音を無視した
私は有頂天で
そのことの意味がよくわからなかった
二人で外に出て満開の桜を眺めた
「今、知り合いが病院にいるんだ」
と男の人は呟いた

帰りの電車に揺られていると
「また会おうね」
とメールが来た
夢中でスマートフォンの画面を見つめて

メールを返していると
隣の新聞を読んでいる
おじさんは訝しげにしていた

夜になっても携帯は鳴りやまなかった

Ⅱ　さみしい鬼

雨の秋刀魚《さんま》

頭痛の酷い昼下がりに
あなたのために
シャツにアイロンをかける
一万円札の皺《しわ》を伸ばして
さびれた郵便局へと
絵を受け取りにあてどなくあるく
あなたのために
柔らかいこのひざを折る
わたしはわたしで
ひとりのにんげんでいたいのに

嘶くような
あなたの叫びにまたしても負けて
あなたが描いた私の裸体を
頬を染めつつ
寝室の奥まったところに飾る
あなたは今どこで
すきっ腹を抱えながら
くらい川を眺めているのか
おんな一人でしゃにむに
生きてきたわたしの在りようは
蟻の如きものと知り
せめてひかる台所に立ち
季節外れの秋刀魚を丁寧に焼く

りぼん

私は部屋着の胸元にシフォンのりぼんをつけた
それから長い髪をりぼんで束ねた
引き裂かれたこころを隠すために
サテンのようにきらきらした詩を織った

でも夜になると
躰のりぼんがほどけてしまうのだった
心の傷は布で作ったりぼんで隠せない
体の傷は言葉の蝶結びで隠せない

りぼんを引き裂いた男は
平然とどこかで嗤《わら》っているのだった
あの女はおいしかったあの躰は旨かったと
そんな部屋の外の空気が嫌でたまらなくて
今日もわたしはいやいやと
靴のりぼんを縦結びにするのです

さみしい鬼

鯖を味噌とみりんで煮ながら
空いた手で
今年の日記帳をめくってみた
あの人と喧嘩別れした五月の末から
ダイアリーの残りは空白だった
なぐさめてくれる人
話を聞いてくれる人
寄り添ってくれる人は沢山いるのに
私はさみしいのだった
叱り飛ばす人

無理やり躾をする人
摑みかかって来る
鬼のようにくらい目をした
あの人がいないと
私は生きるのがつらいのだった
タブレットのメールボックスを開いて
もう一度会いたいよと送ったら
五分後に返信の通知はあった
この人といて
耳をよく澄ますこと
あまいものを控えること
腹から息を吸うことを私は覚えた
煮あがった鯖の上に針しょうがを乗せたら
ぴりぴりと舌に痛かった
私はこの意地悪なひと

毎日キャベツともやし炒めを食べる人
別れた妻と子どもに仕送りをして
徒歩で五キロある業務用スーパーへ
買い出しに行く人のもとへ
また魚の煮付けを
ぎゅっとタッパーウェアに詰めて
持ってゆくことにした

あなたへ

葉桜の散る道を二人でふざけた
１０９で待ち合わせして
くじらの竜田揚げを半分こして
円山町を通ってハードシードルを飲んで
また戻って
プラネタリウムで手を繋いでいちゃいちゃして
それから個室居酒屋へ行った
二人で夢中で幼い時の話をして
「戦争には断固反対すべきだ」と主張しながら

しつこく口説くあなたの腕にしがみついて
腰に手を回して
店員さんに呆れた目で見られた
あなたはいつまでも
帰りたがらなかった

新宿で一旦降りて
また古めかしい喫茶店に入った
あなたはジンフィズとサングリアで勝手に酔いつぶれて
「君は可愛いよ」と
一言言った

夜はぐるりと一回転し
私の中に
神さまがぽとりと落ちてきた

腕

あなたの腕は大きくて細かった
抱きしめられて暫く二人でじっとしていた
部屋にはイランイランの香りがたちこめていて
カーテンは静かな薄緑色だった

それから私は見た
あなたの腕が四方八方に伸びて
パキラの木のようにどんどん大きくなって
部屋中をジャングルのように覆ってゆくのを

すっかりマイナスイオンに包まれた寝室で
私とあなたは安心して睦み合った
父ライオンと子ライオンのように

外は森閑としていて紺色だった
時々上の部屋の人の寝息が聞こえた
充電中の携帯のシグナルが二台枕の上で赤く灯っていた

あなた

あなたは崖のように険しく
父親のように暖かく
鷲のように孤独で
公園のベンチのように穏やかだ

あなたはここにいて
あそこにいて
そこかしこにいて
そしてどこにもいない

私は苺を摘んでいる
あなたは籠を編んでいる
そして子どもらが泣いている

二人でジャムを煮よう
みなのお腹がくちくなるように
明日のパンはここにある

お正月

紅白歌合戦が中間集計に入って
ＴＶのスイッチを切り
お風呂にちゃぽちゃぽ浸かっていると
除夜の鐘が聞こえた

慌ててタートルネックをかぶって
近所の神社へ出かけて
ぽんぽんと手を打って
おみくじを引いたら中吉で
ついでに縁結びのお守りを買った

とても冷えるので
お布団にくるまっていたら
いつの間にか朝日が昇っていた
餅とだし汁を火にかけて
かつぶしと三つ葉と海苔をのっけて
なんでもないお雑煮を食べた

ぼおっとPCに向かって
みんなの〝あけおめ〟を流し見していると
あっという間に元日は暮れた

一日ほったらかしていた
スマホを手に取ると
男友達から

「二日に寿司を喰おう」と
ＬＩＮＥが入っていた
なんにもしないことが
何かを始めることだ

イヴの夕刻

一瞬、モニターが見知らぬ男の画像で揺れた
髪型も眼鏡にも覚えがなかった
ただ、こんな日にやってくる人は他になかった
この震えるように寒い日に
灰色のセーターだけのひょろっと背の高い姿は
ぷつっと消えた

その薄着姿に
仮設住宅や
買えなかった防護服や
ポケットに入っている焦げ茶になった放射線測定カードが

ふっとゆらめいて視えた

その晩ＬＩＮＥの「友だち」の欄に
やはりあの
見慣れた漢字四文字があった
私は侵入者を直ちにブロックした後
ため息をついて
窓から暗くどんよりした夜空をながめた

その闇は
どこまでも果てしなく

いつか彼がメールで送ってきた
風力発電機のプロペラの背後の凪いだ青空の希求している
明日へと
繫がっていた

Ⅲ

扉

あの日

その日私は内科にいた
突然、ぐらっと来たので
看護士さんは注射を中止した
慌ただしく、電話や携帯が鳴る中で
お年寄りの患者の大半はぼんやりしていた
外では女子高生が
揺れを怖がって泣いている
私も半分泣きたいような気分でいたら
揺れはおさまった

家に帰ると
鏡が全壊していた
ガラスの破片を片付けて
夕食を済ませてお風呂に入っていると
お湯が流れるプールみたいに揺れだした

これはちょっとな
と思っていると
シャンプーの横に置いた携帯がぴぴぴと鳴った
「だいじょうぶ？」
「そっちこそだいじょうぶ？」
彼は、たぶん自分が怖くなったから
メールをして来たのだ
「こっちはものすごくゆれたけど
だいじょうぶだよ」

全然、大丈夫な雰囲気ではない
「今度、そっちに見舞いに行くよ」
「うん」
「食事しような」
私は普通に嬉しかった
ＴＶもろくに見ないでベッドに潜り込んだ

本当はその時
怖ろしいことが沢山起きていた
お爺さんもお婆さんも
おじさんもおばさんも
小さい子も泣きながら津波にさらわれて行った
私はひとりで勝手に幸せだった

ぽつねんと

消し忘れたＴＶの灯りの中で
原発がメルトダウンしていた

だけども、私は
二人で食べる
ミートボールスパゲッティの事で頭がいっぱいだった
泣いている子供の声も知らずに
私は静かな眠りに落ちた

ベッドの外では
一万五千人の悲鳴が闇に呑みこまれていった

浦和23時

県庁前のモスバーガーが
まるでエドワードホッパーの絵だ
その横をレインコートの襟を立てて歩く
高層マンションの灯りが
鬼火に見える
あの部屋にもこの部屋にも
昔の私のように
引きこもって泣き叫ぶ子どもがきっといる
「帝国の逆襲」のTシャツを着た私は
一番近くのコンビニで

ベトナム男子の店員から
ブランパンとほうじ茶ラテを袋に入れてもらう
ここが私の夜の休憩所
グエン君の黒縁眼鏡は
日本へ来るために
毎日がり勉した名残りなのかも知れない
出てくると自民党の本部の
二階はもう暗く
交差点の信号は黄色のまま停止している
すれ違う男女は
ホックニーの老夫婦のように無表情で
赤い悪魔と呼ばれるサッカーチームの
ネオンだけが点滅する
競技場の「ジャパニーズ・オンリー」
と言う垂れ幕を

誰も外さなかったのは僅か数年前
いつも通行人に挨拶を欠かさない
ネパール料理店の看板の
慣れない手つきのひらがなが目に鮮やかで
店の裏に積まれたキャンベルのトマトスープ缶が
24時間働け！と嘯いている
深夜営業のタクシーが流してゆく
客も乗せずに
夜のジャングルを流してゆく

赤城山

田舎のおばあちゃんから
メールが来た
これはお前のためだから
私は間違ったことは言わないから
必ず将来役に立つから
くどくど
くどくど
くどくど

新しいスポンジと

クールボディーソープで
私は体をごしごし
ごしごしと洗った
おばあちゃんはさみしいのだ
だから人の気持ちに
火箸を押し付けるのだ

おばあちゃんは働き者で
寅さんとラーメンが好きで
いつも鶏のように
背中を丸めて
こっこっと小言を言う

私はおばあちゃんに習った
水菜のサラダを作って

焼き鮭を食べて
半分冷蔵庫に入れた
それから腹筋とスクワットを
五十回ずつした

ベランダの窓を開け放って
赤城山の方向に
二礼二拍手一礼
した

扉

マンションの林立する森で
とある扉を見つけた
思い切って開けてみると
煌々とした黒い部屋があった
私は迷っていた
その人は私の手を取って
よく眠ること
少し食べること
ときに出掛けることを教えてくれた

小さな器に
ミネラルウォーターを注がれて
喉をうるおし
その人に褒められて
ちゃんと間違いを注意されて
よいものを体に取り入れて
私の閉じた心が
突然
開き始めた

相手をよく見て
耳をすまし
表情がゆたかになり
口を尖らせたり
目尻で笑ったりできるようになった

私は
人と真摯に向き合うようになった
その人の幸せを
思うようになった

人を思い通りにしようとする事と
気持ちに寄り添う事は
全く別だった
私の中にも
愛はあった
すきとおった水の飛沫が
グラスの縁から
溢れて
溢れ出して

苦しいほどに
ほとばしる
いま
目の前にいる
あかるく笑って
落ち着いた声で
対等に話しかけてくれる
その人自身が
扉だった

まあちゃん

ハチ公の前でまあちゃんと会った
切れ長の目のまあちゃんは
虫眼鏡みたいなメガネをかけた
気の強そうな旦那さんと
女の子の赤ちゃんを連れていた
まあちゃんのワイドパンツはゆったりしていて
初夏の風にひらひら揺れる

一生懸命次から次へと喋る私に
まあちゃんはにこっとして

「もうちょっとゆっくり」と言う
つばめグリルの真ん丸のトマトを
口いっぱいにほおばりながら
まあちゃんは泣き出しそうな娘さんを
よしよしとあやしている

まあちゃんと出会ってからの私は
いろんな男の人を追っかけなくなった
代わりに電車で三駅の作業所で
リバティプリントのきれっぱしを選びながら
お人形を作るようになっていた
男の人は結局私を救わなかった
頑固で意地っ張りの自分の中に力はある

トマトのようなまあちゃんに

昔は私は僻《ひが》んで凹《へこ》んだけど
まあちゃんは私の詩が素敵だと言う
私はもう俯かないで
背筋をしゃんとして歩いて行く
昨日は自分がなりたい人形を縫った
まあちゃんに似たお人形を明日作ろう

成長

鏡の中に
肩があって
右に少し傾いていて
足があって
正座が下手くそで
私がいて
あなたの硬い指先で
背筋をしゃんと元に戻す

スーパーマーケットに行って

じゃがいもがあって
カートが転がって
豆乳を買って
赤ちゃんが泣いていて
資本主義があって
私はレジ袋を断って
疵のないアボガドを袋に詰める

ＬＩＮＥがあって
白と黄緑色で
メッセージが画面に浮かんで
親指がすべって
女友だちがいて
世間体がなくて
深夜に泣けて

親をもう必要としない
危うさを孕みながら
生きている

部屋

わたしは塔に住んでいた
いろんな小人が
訪ねてきたけれども
みんな
どういうわけか
鈍色の
ひき蛙に
変身してしまう

ある時わたしは

母の娘を
部屋に招き入れた
それは私自身ではない
母が昔
美しい騎士と
身ごもったところの
はらからである

彼女はころころと笑い
豊満な乳房をして
私を太い腕で
ぎゅっと抱きしめた
塔の時計は左回りに
動き始め
壁のやもりは

こちらをじっと睨んでいる

私はいつのまにか
大声を上げて
涙を出して泣いた
彼女は満足そうに
りんごのような頬を
さらに丸くして
ワイングラスを傾けて
ぐいっと干した

気のいい
はらからが部屋に
居つくようになって
暫くして

私は塔を出て
皿洗いが特技のやもめの
王子様と
一緒に暮らし始めた

塔は
明るい燈火に
照らされ
荒野で逞しく育ったはらからと
連れ合いと
その連れ子が
平和に
末永く暮らした

私が

今ペンを取っているのは
街中の
狭い舗道に面した
朝日の入る窓に
洗濯もののなびく
平和で小さな
アパルトマンの
部屋である

定食屋

詩集を一冊出したら
詩人というものになった
なんだか随分
偉くなった気持ちになって
背筋をぴっと伸ばして
歩くようになった

有名なひとの集まりには
参加しますと言って
同窓会には「保留します」と
返事を書く

みんなちょっと
困ったような顔をしている

空がひどく高く見える
定食屋でいつもより
百円高いランチを注文して
わたしは詩人ですと
えばった顔で
箸を使っていたら

店の片隅の三毛猫が
ひっくり返って
そんな事は
どうでもいいよと
にやりと笑って
お腹を向けた

Ⅳ　約束

川べり

狭いマンションの駐輪場から
自転車をようやっと出して
毎週水曜日の午後
川べりの道を南へと走る

一軒の白いバラックみたいな建物に
一人の老人はいる
わたしはここで
自分の人生について語り
昔の記憶をノオトに箇条書きにする

静かな長針がひとまわりすると
わたしはお札一枚と五百円玉いっこを出して
つめたい夕方の公園に出る

川べりには
よどんだ泥がしずんでいる
わたしの涙も
母のしんどさも
川のとろとろとした流れに消えてゆく

自転車を北へむかって漕ぐたびに
わたしはだんだん精気を取り戻す

父

父が倒れた
管理人さんから連絡を受け
マンションに向かうと
父は大勢の県警隊員に囲まれて
足を投げ出して
薄い半目で
背中を壁にもたせかけていた
「迷惑をかけたくないんだ」と言って
救急搬送を拒否していた

窓は
レスキュー隊の人が
室内に入ったため
大きくひび割れていた
私が
「かえって迷惑になるから
病院へ行こう」と呼びかけると
父は
目をつむって頷いた

ベッドの上で点滴を受けながら
変わり果てた父は
私を見て
「子どもの成長には、
親はなかなか気づかないものだなぁ」と言った

この強い眉の持ち主が
私の詩作の
見えない根っこに
なっていたのだ

孤影

突然に搬送された
父の病状は
いわゆる薄紙を剝ぐように
良くなって来た
それでも今の父は
強引で気難しかった父ではない
少しずつ、父は
老いを受け入れたらしく
「あと十年生きるのは無理だ」と言う
だからお前達は

自分を穏やかにしかし
はっきり主張することを
学びなさいと言う
病室で黙ってテレビで相撲を見ている父は
昔の父であってそうではない

私は、この人が
だんだんいなくなるのを
受け入れようと思った

入沢さんのシャシン

父のデスクを片付けていたら
学生時代の詩のサークルの写真が出てきた
父は中央に座った人を指さして
「これが入沢康夫だよ」と
ちょっと悔しそうに言った

生まれて初めて
東京の詩のイベントの後の飲み会に出たときに
黒縁眼鏡の人が向かいにいて
「君、どっから来たの？」と

ずけずけと聞いて来た
「埼玉の会です」と言うとその人は
「ふーん、田舎で頑張ってるんだぁ」と
臆面もなく言った
むかっとした私は父から聞いたことを
そのまま受け売りして
「入沢康夫さんって、今
宮沢賢治の御研究をなさっていますね」
と言ったら
その眼鏡を掛けた人はなおなお意地悪く
「フフフ、ご隠居さんですヨ」と
からかうように言った

暫くして
飯田橋の立派な詩のパーティーに出たら

ひょろっとした相当の歳の紳士が
「入沢です」と
簡単に挨拶をした後
乾杯の音頭だけとって
そそくさと帰ってしまった
私はピンク色の牛の薄切りを食べていて
どうしてこんなに美味しいものを食べないで
さっさと帰ってしまうのかなぁと
ぼんやりと考えていた

四、五年して
ようやく定期購読するようになった
詩の雑誌で
入沢さんが亡くなったことを知った
もうホームに入居していて

いつも口癖のように
「種村も石堂も後藤明生ももういない」と
嘆く父には
がっかりすると思って言えなかった

私は入沢康夫さんが
どんな詩人か知らなかった
こわごわと
戦後名詩選を開いた

やつめさす
出雲

薬罐だって、
空を飛ばないとはかぎらない。

日本語が一生けんめいに飛び跳ねていた。

私は
父のマンションの鍵を開けて
あの写真を探しあてた
若き日の入沢さんは
屈託なく
芝生の上で笑顔を日にさらしていた

桃

夜中に急にからだがぞくぞくして寒くなった
体温計で計ったら38．9度
小さい時は風邪をひくのが好きだった
母は病気の時だけは親切だったからだ
おふとんに潜り込んで
いがいがした喉を持て余しながら
ねっとりした桃缶を食べたいなと思っていた
母は
旧型のジューサーで林檎のジュースをよく作った
それはあんまり美味しくなかった

母は虫食い林檎しか買わなかったし
お砂糖の入っていないざらざらしたジュースはまずかった
でも、私はそれしか知らない
次の朝、起きて厚着して
近くの自動販売機へ行った
不二家のネクターは１３０円で隣の自販機では１１０円だった
私は１１０円のを買った
きっとあの頃桃缶は贅沢だったのだ
不二家のネクターは夢の中の母親の味がした

天上大風

がらんとした
父の部屋に行った
慌てて来た弟が使っていた
マットレスや毛布が敷きっぱなしだった
私は
父の脱いだ服を片付けて
良寛和尚の
「天上大風《てんじょうたいふう》」と言う額と
地元の神社の
狛兎を大きな黒い鞄に入れた

父のデスクの上には
般若心経と
徳川家康の訓戒が貼ってあった

割れた窓は新しくなっていた
父がいなくなっても
父の教えてくれたことが
私の中に脈々として生きている

空が高く
どこまでも果てしない風が吹いている

ママ・マリリン・ミー

また冬が来て
久しぶりに絵の講座に出掛けた
肩にキタムラの緑色のフェイクの鞄を掛けて
片手にアンディ・ウオーホールの画集を抱えて
私は水色の電車に揺られた
美大の前に着くと小雨が降りだしていた

四つ切の画用紙の前に向かって
マリリン・モンローの版画の模写をした
オイルパステルは思いがけずきもちよく指先で滑った
それまで私は人物画が描けなかった

人の顔を直視するのが怖かったのだ
けれどもマリリンは邪気なく口角を上げていた

何か言いたげなマリリンを見て
ふと「何だか母の若い頃みたい」と呟いた
先生は「君の顔にも似ている」と言った
赤ん坊は母親の顔を見て
人の顔とはまるくて目がふたつあって
口が笑っていると知るそうだ

桜色の肌と
エメラルドグリーンのアイシャドウと金髪に
彩られた私のマリリンは
まるで聖母画のように
自分と母の笑顔を重ね合いつつ
やわらかく微笑んでいる

約束

世界へ
まだがんじがらめのあなたを
うつくしい樹の枝のように
ほどいてゆけ

台風のさなかに
私は生を受けた
私が胎内にいるがゆえの
悪阻の苦痛に

耐えきれず
アルコールに溺れた
母の子宮の中から
おぎゃあと
大きな声を上げて
誕生した

もしも
両親が後年よく
「産みたくなかったのよ」
「できちゃったんだよ」
「もう堕ろせなかったんだよ」
と愚痴ったように
わたしという胎児は
単に父と母の性交から

できあがったのだ
としても

一人の男の精子と
もう一人の女の卵子が
偶然にも
結合したことは
やはり
光輝く奇跡であったのだ

生まれいづることは
怨
かも知れないけれど
私は自力で泳いで
恐怖に満ちた闇の中から

外へ出た

ぎゅっと握りしめた
赤ん坊の手が
小さな葉のように
開かれる
お前はもう
なにかを乗り越えたのだ

解説

悲しみを幸福へと裏返していく愛の詩篇

葉山美玖詩集『約束』に寄せて

鈴木比佐雄

1

葉山美玖氏の詩的言語には、自らの深層に分け入って、その存在の発端を見極めようとする衝動がある。葉山氏の存在は不安や恐れや悲しみが押し寄せているが、それを遡ることによってその震源らしきものに辿り着こうとする。そして家族が支え合ってはいるが、時に排除し合う他者の集まりになると自覚することによって、未知の扉を押し開く力を蓄えているかのようにも思える。それらの生き辛い不幸な精神を直視し、そこからいかにこの世界に両足で立って、不幸な精神に窓を開いて明かりを入れて、自らの足で歩いていくかという自立の物語が展開されてくる。そんな葉山氏の第三詩集『約束』が刊行された。その前に葉山氏が刊行していた二冊の詩集を紹介したい。

二〇〇三年に刊行され八〇篇も詩が収録されている詩集『蒼い雨』の冒頭の連詩「六ヶ月のバラード」の六番目の「～Ｎｏｖ～」を読むと「蒼い雨」に込めようとしたメッセージが

聴き取れる気がする。

〜Nov〜

さむい　さむい　心がさむい／こんなにさむいのは　君のせいじゃない　僕のせいだ／ただ君を利用していたからだ／本当は君を愛していなかったからだ／ただ君が美人だから何とか僕のものにしようと／あがいていたからだ／あやまりたくても　もう君はこの街にはいない／せめてこれから君のために祈る／祈る／君が幸せになるように／しばらく　このまま心にまかせ／冷たい雨に打たれていたい

この詩は一見、若い男女が出会い別れた失恋のラブソングだが、葉山氏は若い男になりきって、失恋の悲しみを詠っているように思える。けれどもこの詩の本来的なテーマは、「心がさむい」のは「僕のせいだ」と言い、他者を愛せないで「君を利用し」ようとすることに恥じて、「君が幸せになるように」と願い、「冷たい雨に打たれていたい」と自己愛を断罪しようとすることかも知れない。つまり他者を愛することは何かを絶えず詩の中で問うている詩篇なのだ。その他の詩篇の多くは他者との恋愛、友愛、また親子愛などの様々な信頼の基盤となる関係の在り方に絶えず不安を抱き、そのことを書き記している。葉山氏の多くの詩篇では、若い男の視点で「心がさむい」在りようを語り、若い女性はそんな若い男に翻弄されて、より「心がさむい」心境になることを記している。しかしこの詩は別れた「君が幸せになるように」願う愛に満ちた詩だった。第一詩集『蒼い雨』のテーマとは、その意味では自己愛から解き放たれたいと願い、自己愛が過剰な時には、「冷たい雨」に当たり、いつしか別れた他者への愛を甦らせて他者への幸せを祈ることを願って「蒼い雨」と名付けたと私には思われた。その意味では葉山氏の根本的なテーマはいかに他者を本当に愛せるかという命題を詩的言語で様々に試みているのだと感じられた。

次に母親のことを記した詩「山羊座の母」を紹介したい。

山羊座の母

母は茅ぶきの家で／一メートル雪の降った時に生まれたのよ／お家は貧しくて山羊を一匹飼って／そのお乳で暮らしていたの／東京に出てきたら家出娘と間違えられたの／トランクを縄でしばって／コッペパンを食べた田舎娘／戦後のドタバタで／最後には血を売って暮らしていたのよ／そんな中で学校の成績は良かったって／手袋を片方だけ拾って大切にしていたってね／でも結婚して祖母と父の世話をして過労で倒れたわ／私は病気のせいで何にもできなかった／／ずいぶんいじめられたけど／悲しみは幸福の裏返しだから

葉山氏の不安や恐れには、その後の詩集でも表現されている母の育児放棄の問題点などがあったことはその後の詩篇でも書かれている。この詩では、母の生い立ちなどに対してはかなり母への同情的な視点がある。そして最後の二行は四〇年近くの人生を回想した万感の想いが描かれているようだ。この「ずいぶんいじめられたけど／悲しみは幸福の裏返しだから」は、家族や知人や友人に中で自分をいじめた人びとへの恨みやこだわりへの追及をどこか断念しようとしているかのようだ。悲しみのカードを引いてしまったが、裏返すと幸せのカードが表裏一体で現れてくる手品を見ているような成熟した詩行が刻まれている。葉山氏の詩篇はどこか悲しみの極限であっても関係の破壊を回避しようと試みて一筋の希望を感じさせてくれる。

2

次に二〇一七年に刊行した第二詩集『スパイラル』（二十一篇）の中から詩「IN/OUT」を紹介したい。

IN/OUT

昨日、先生に言われたこと。／／「詩で他人を傷つけてはいけない」／シデヒトヲキズツケテハイケナイ／シデヒトヲキズツケテハイケナイ／その言葉は私を何だか不意に打ちのめした／／帰り道にいろんな人の姿を見て／若い手を繋いだカップルや／自転車に乗った小母さんや／くたびれたベレー帽を被ったお爺さんや／／たぶん皆が皆／それぞれの思いを抱えて／くすくすと笑ったり／ビルの影でしのび泣いたりしているのだと思うと／／黄葉し始めた木々の葉っぱの匂いや、／道端の定食屋の油の匂いや、／選挙のポスターの糊の匂いまでが／私の鼻腔に押し寄せてくる気がした／／イン・アウト／イン・アウト／／呼吸をしているうちに、／私は今、世界と生まれて初めて繋がり始めた

葉山氏は数多くの傷つけられた言葉を受け止めながらも、詩作をするようになって、知らず知らずに他者を傷つける言葉を詩の中で記してしまうことへの警戒心を自覚し始めた。その表現の危うさを指摘した先生の言葉「詩で他人を傷つけてはいけない」は、あらゆる表現者にも言える最も重要なことだろう。「イン・アウト」とは自己表現であり、同時に他者の存在に敬意を抱きながら、他者の視点を汲み上げて表現することが可能かという問いを発しているように思える。つまり「イン・アウト」とは自己肯定と自己否定を交互に繰り返し「スパイラル」（螺旋上）に展開していく精神の在りようを示しているのかも知れない。そして葉山氏は「呼吸をしているうちに、／私は今、世界と生まれて初めて繋がり始めた」と世界との濃密な関係に詩的表現を通して目覚めていったに違いない。

3

新詩集『約束』は四章に分かれ、Ⅰ章「収穫祭」八篇、Ⅱ章「さみしい鬼」八篇、Ⅲ章「扉」八篇、Ⅳ章「約束」八篇から成り立っている。Ⅰ章は冒頭の詩「生まれる」という一九六四年に生誕の詩から始まり、家族や地域などを通して自己の存在と何かを確認している詩群だ。散文詩「収穫祭」は葉山氏の家庭環境からどんな精神状態に置かれていたかを赤裸々に語っているように見える。と同時にそこには育児放棄や親子や夫婦が過剰に干渉し合う共依存の関係など現代の家族の様々な問題点が浮き彫りにされていて、全ての文章が繋がっている実験的な散文詩である力作だ。また一方で詩「ポラーノの家」では、父母のいる家族での居場所が無くなった時に、それを補完する「静かなこの家」で「あなたが生まれてきた事には／意味があります」と固有の存在の価値を促す宮沢賢治の精神を感じて、他者の中でもう一度、家族を見直して、「善い魔女」になって自立の道を模索する開かれた詩もあり、多様性に富んだ詩篇群になっている。Ⅱ章では様々な「さみしい鬼」たちである他者と出逢い、自らの成長を促してくれた関わりや別れを語り、その時に感じた人生の哀歓を冷静に記している。

Ⅲ章は今までの詩集にはなかったある意味で社会性と芸術性が融合した詩篇であり、その中でも詩「扉」は、今詩集の中でも最も優れた詩篇と私は感じているので引用してみる。

扉

マンションの林立する森で／とある扉を見つけた／思い切って開けてみると／煌々とした黒い部屋があった／私は迷っていた／その人は私の手を取って／よく眠ること／少し食べること／ときに出掛けることを教えてくれた／／小さな器に／ミネラルウォーターを注がれて／喉をうるおし／その人に褒められて／ちゃんと間違いを注意されて／よいものを体に取り入れて／私の閉じた心が／突然／開き始めた／／相手をよく見て／耳をすまし／表情がゆたかになり／口を尖らせたり／目尻で笑ったりできるようになった／私は／人と真摯に向き合うようになった／その人の幸せを／思うようになった／／人を思い通りにしようとする事と／気持ちに寄り添う事は／全く別だった／私の中にも／愛はあった／すきとおった水の飛沫がグラスの縁から／溢れて／溢れ出して／／苦しいほどに／ほとばしる／いま／目の前にいる／あかるく笑って／落ち着いた声で／対等に話しかけてくれる／その人自身が／扉だった

「その人」のアドバイスは「私」にとって染みわたるように伝わり、「私の閉じた心が／突然／開き始めた」と言う。もちろん「その人」の発言を受け入れるためのエネルギーが

「私」に甦りつつあったのだろう。そして「私は／人と真摯に向き合うようになった／その人の幸せを／思うようになった」という詩行を記し、さらに「人を思い通りにしようとする事と／気持ちに寄り添う事は／全く別だった」と心から認識するためには「私」はどれほどの迂回路を経てきたのだろう。しかし葉山氏はついにこの他者を慈しむ言葉を素直に詩的表現として刻むことが出来たのだ。最後の「いま／目の前にいる／あかるく笑って／落ち着いた声で／対等に話しかけてくれる／その人自身が／扉だった」と「その人」を賛美する言葉は、真に人こそが新しい扉になりうる存在であり、自らもそういう存在になりたいと願ってこの詩を書き記したに違いない。

最後の詩「約束」は父母との関係に遡り、「一人の男の精子と／もう一人の女の卵子が／偶然にも／結合したことは／やはり／光輝く奇跡であったのだ」と自らの存在を「光り輝く奇跡」だと誇らしげに賛美する。そして「ぎゅっと握りしめた／赤ん坊の手が／小さな葉のように／開かれる／お前はもう／なにかを乗り越えたのだ」と父母の出逢いの結果としての赤子である自分は、父母に感謝し命のある限り生きる「約束」をした存在であることを告げているように思われる。そのような「悲しみを幸福へと裏返していく愛の詩篇」を読んで欲しいと願っている。

天窓——あとがきに代えて

葉山美玖

池袋へ行った。

エキナカで、梅干しとじゃこのお握りと、鮭のお握りと小さな唐揚げと卵焼きのセットを買ってリュックサックに入れた。それからカフェの2Fに着いて机や椅子を動かして皆の席を作った。

帰りにインド料理店で打ち上げをした。私はマイルドキーマカレーを頼んだ。話は尽きる事がなかった。

十二年前の私はそんな極々当たり前のことも出来ない人だった。一日四十錠以上薬を飲まされていたので体も頭もふらふらするし、徒歩で人の集まる場所に出ると軽いパイプ椅子を二脚運ぶだけで息がぜいぜいした。だが私は詩を書き始めていた。

家族の猛反対を押し切って薬を出したがらない主治医のいるクリニックに転院し、

母親が出て行った後はやさしいヘルパーさんに生まれて初めて家事というものを教わった。十九歳下の詩を書く恋人ができたのはその頃だった。

彼と破局して暫くして、父が「家を売ろう」とぼそっと言った。

今の私は、一人でご飯も炊ければ味噌汁も作れる。簡単な料理や副菜も作る。毎日洗濯をして片づけをして、時折詩人の集まりに参加して暮らしている。

インド料理屋の帰り道に。

雨が今にも降りだしそうな空を私は電車の窓から見ていた。隣では、髪をアップにして綺麗にお化粧した女性がスマホで彼氏とＬＩＮＥをしていた。ふと気が付くと、線路沿いにあるあれきり戻っていない実家の屋根が一瞬だけ見えた。

実家はびっくりするほど小さかった。電車から見える天窓はなおなお小さかった。

二十年間、閉じこもってほとんど寝て暮らしていた部屋。私がただ月を眺めていたあの天窓だ。

私の全世界だった家は、そして唯一の外界が見えた天窓は、電車の窓から見るとアミューズメントパークの小さな小さなおもちゃの家のそれのようだった。電車は何事もなかったかのようにごとんごとんと私の視界を変えていった。

葉山美玖（はやま　みく）略歴

1964年、東京に生まれ、さいたま市（旧浦和市）に育つ。
東京造形大学中退。
2003年　詩集『蒼い雨』（メディア・ポート刊）
2012年　小説『籠の鳥 JAILBIRD』（文芸社刊）
2013年　絵本『あおいねこ』（関東図書刊）
2017年　詩集『スパイラル』（モノクローム・プロジェクト刊）
2019年　詩集『約束』（コールサック社刊）
所属：個人誌「composition」
　　　詩誌「buoy」「妃」「トンボ」各同人
　　　日本現代詩人会、日本詩人クラブ、埼玉詩人会
　　　各会員
賞歴：第49回埼玉文芸賞詩部門準賞
　　　日本詩人クラブ　第1回「新しい詩の声」賞　優秀賞

石炭袋

葉山美玖 詩集『約束』

2019年7月20日初版発行

著者　　　　　葉山　美玖
編集・発行者　鈴木比佐雄

発行所　株式会社 コールサック社
〒173-0004　東京都板橋区板橋2-63-4-209
電話 03-5944-3258　FAX 03-5944-3238
suzuki@coal-sack.com　http://www.coal-sack.com
郵便振替　00180-4-741802
印刷管理　（株）コールサック社　制作部

＊装幀　奥川はるみ　　＊カバー写真　葉山美玖

落丁本・乱丁本はお取り替えいたします。
ISBN978-4-86435-397-7　C1092　￥1800E